돌 속의 강물

시작시인선 0366 돌 속의 강물

1판 1쇄 펴낸날 2021년 2월 5일
1판 2쇄 펴낸날 2021년 3월 15일
지은이 최법매
펴낸이 이재무
책임편집 박은정
편집디자인 민성돈, 장덕진
펴낸곳 (주)천년의시작
등록번호 제301-2012-033호
등록일자 2006년 1월 10일
주소 (03132) 서울시 종로구 삼일대로32길 36 운현신화타워 502호
전화 02-723-8668
팩스 02-723-8630
홈페이지 www.poempoem.com
이메일 poemsijak@hanmail.net

ⓒ최법매, 2021, printed in Seoul, Korea

ISBN 978-89-6021-540-5 04810
　　　 978-89-6021-069-1 04810(세트)

값 10,000원

돌 속의 강물

최법매

천년의 시작

시인의 말

창밖에서는 어둠의 노을이 붉게 내리고 있었다.

메마른 풀잎이 가냘프게 떠는 자리에,

어디선가 날아든 벌새가 눈을 두리번거리고 있었다.

무엇을 찾고 있는 것일까?

누가 시인을 세상의 눈이라고 하였던가?

오늘은 어제가 있어서 존재하고,

내일은 오늘이 있어서 슬프지 않다.

희로애락喜怒哀樂의 정토세계淨土世界를 꿈꾸어 본다.

세 번째 시집을 앞두고 기쁨, 설렘보다는,

얼굴이 빨갛게 달아오른다.

메마른 풀숲에 앉아서 세상을 관조觀照하던,

벌새의 무게를 느끼고 싶다.

차 례

시인의 말

제1부

홍매화

어제는 홍매화가 불타듯 활짝 피어
오가는 나그네의 심금을 울렸는데
오늘은 솜털 같던 청매화가 가슴 열어
하얀 이 드러내며 뭇사람 유혹하네
부드러운 몸매에 손끝이 닿자마자
꽃잎이 벌어지는 홍매화 한 송이

돌 속의 강물

강물이 흐르다 멈춰버려서
돌이 되어버린 강

돌 속에 아버지가 있고 어머니가 있고 내가 있지
거기엔 모래무지도 송사리도 있지

아버지와 어머니가 강가에서 도란도란 이야기하다
강물 속으로 풍덩 뛰어 들어가서 목욕을 하였지

흐르는 돌강에서 어머니가 빨랫방망이를 들고 나오고
아버지는 지게를 지고 나왔지

나만 아직도 돌강에서 못 나오고
돌을 깨부수는 연습만 열심히 하고 있지

호랑나비의 공부

허공을 배회하던 나비가 수각 아래 앉아 시름을 달래고 있다

목이 말랐을까
다리에 물을 묻혀서 연신 입에 대었다 떼었다 한다

한참을 화두 공부한 듯 앉아있던 나비가
날갯짓을 두어 번 하더니 허공을 박차 오른다

수각 주위를 빙빙 도는 나비가 다시 앉을 듯 말 듯 하더니
소나무 그늘에 사뿐히 내려앉아 선정에 들기 시작한다

얼마쯤 시간이 흐르자 다시 저 멀리 산속으로
양 날개를 펄럭거리고 날아간다

명부冥府*의 아들딸들아

명부의 아들딸들아
저 인간들 좀 봐라
십 원짜리 동전을 입에 물고
저렇게들 좋아하는 꼴 좀 봐라

저 세상에선
십 원짜리가 온몸을 기어 다니면서
송충이처럼 드럼을 치고 있구나
그리고 온 우주를 십 원짜리가 삼켜버리고 있구나

비가 와도 천둥 벼락이 쳐도
꿈쩍 않던 그 십 원짜리가
너희들의 이름을 듣는 순간
이슬처럼 사라져버리는 것도 좀 봐라

명부의 아들딸들아
점점 사위어가는 달이 유난히 밝구나

그 십 원짜리 인생들

오늘은 누가 마침표를 찍고 오는 것이냐

* 명부冥府: 염라대왕이 다스리는 저승 세계.

아침 단상

날파리가 이리저리 날아다니며 나의 눈을 시험하고
반갑지 않은 모기가 목을 끌어안고 몸을 디듬는다

손에서는 어느새 철썩 소리가, 아침 고요를 흔들어놓는다
모기는 나 보란 듯 쌩쌩 날아서 하얀 벽에 찰싹 달라붙는다

싱그러운 아침
예초기 돌아가는 소리에 풀잎이 몸을 가늘게 떨고 있다

풀잎의 향기로운 비린내가 코점막을 자극하고
기다렸다는 듯이 하루살이 떼가 눈앞을 스쳐 간다

난 오늘도 구멍 숭숭 뚫린 기와처럼
멍하니 앉아 무념무상에 빠질 것이다

포행

오늘따라 산책길이 지루하게 느껴진다.
한가로운데 한가롭지가 않아서
좌향좌, 우향우, 왼발, 오른발
속으로 뇌까리며 한 발 한 발 옮기고 있다.
벽오동 나무가 보인다.
새로운 힘이 불끈 솟는다.
참 이상한 일이다.

냇물

냇물이 하염없이 흘러가네
장난기가 발동해
물길을 돌로, 발로 막아도
아랑곳없이 돌고 돌아
흘러만 가네
같이 가던 길동무
가래침을 냇물에 퉤, 내뱉어도
아랑곳없이 흡수해
은빛 물결 자랑하네
물처럼 살고 싶어도
잘되지 않는 이유 거기 있다네

짱돌

길가의 짱돌이 나를 쳐다본다
그 짱돌을 집어 들고
요리조리 돌려가며 살펴본다
짱돌이 갑자기 말을 걸어온다
난 두들겨 맞을수록 단단해져요
날 한번 던져보실래요?
난 힘껏 짱돌을 던졌다
짱돌은 허공을 가르며 치솟다가
포물선을 그리며 땅으로 떨어졌다
상승이 있어서 하강도 있는 법
길가의 짱돌 하나가
오늘 내게 내려가는 법을 가르쳤다

단풍의 항변

단풍나무가 바짝 마른 입술로 허공을 보며 소리 없이 울고 있다
내가 언제 당신을 사랑했느냐고

당신이 먼저 날 보며 아름답다고 다가오더니
이제 와서 조금 초췌해졌다고 눈길도 주지 않고 떠나느냐고

당신의 마음을 이제 알았으니 얼마나 큰 다행인지 모른다고

내년엔 나를 아는 체도 하지 마시라고
나를 넘실대는 파도로도 여기지 마시라고

며칠 후 나는 맨살을 하얗게 드러내놓고
찬바람 속을 걸어갈 것이라고
그렇게만 아시라고

화두

허깨비 같은 몸 겨우 이끌고
문밖을 나서는데 눈꽃처럼 피어난 청매화가
인생사 한바탕 꿈이 아니더냐고 묻는다

당근

물론 당근이지

겨울철에 보기 힘든 붉은 당근 세 개
작은 당근 하나 입에 덥석 물자
온 입안에 특유의 향기가 감돈다

잠시 앞산을 바라보고 있는 사이 해탈이가 재빠르게 다가와
나머지 당근 하나 물고 마당으로 줄행랑을 친다

어제 오줌발 자랑하던 동무가
산에 사는 것이 후회스럽지 않느냐고 물었을 때 했던 말
물론 당근이지,

그 당근이 오늘 아침에 천덕꾸러기가 되고 있다

나무의 미덕

꽁꽁 얼었던 마음을 참아내느라 얼마나 많은 세월을 피
멍 든 채 보내겠느냐

하얀 살점 다 벗겨 내고
새살을 심기 위해
오늘도 가쁜 숨을 몰아쉬고 있는
이름 모를 나무

오늘은 옆 친구하고 다투기 싫어
녹슨 허리를 살짝 비틀어 하늘로 고개 쳐들고 있다

더도 말고 덜도 말고
저 나무의 미덕만큼만 되고 싶다

눈물

코로나로 전 세계가 몸살을 앓고 있다

세상 사람들은 코로나가 중국 우한에서 발생했다 하여
우한 폐렴이라고도 하고 우린 코로나19로 부른다

제 코가 석 자인 중국에선 마스크와 방호복을 보내오는데
맹방을 넘어 혈맹이라고까지 한 우방들은
지금 어디에 숨어있는지 감감무소식이다

아니 일본에선 우리나라부터 선제적으로 입국 불허 조치
를 내렸다는데
올해는 때마침 상해 임시정부가 세워진 지 100년을 지나
다시 새로운 1년이 시작되었다고 하니 역시 가깝고도 먼
나라인 듯하다

내가 세상에 태어나기도 전에 아버지는 돌아가시고
청상과부인 어머니가 삼 남매를 키웠다

동무들하고 말다툼이라도 하는 날이면 어머니는
동무를 나무라는 것이 아니라 나를 엄하게 꾸짖고는

혼자서 눈물 바람을 하셨다

그 어머니가 내게 입버릇처럼 하시던 말씀은
너희 아버지가 할아버지를 따라 광복군에 들어갔어야 했
다는 것이었다

오늘 불난 집에 부채질을 하고 있는 일본의 행태를 보
자니
그 옛날 어머니 말씀이 산사에 있는 내 가슴을 다시 후
벼 판다

할미꽃

할미꽃이 새벽이슬 머금고 고개를 살짝 내밀고 있다

손자가 할매 손을 꼭 잡고 병아리 입으로 묻는다
저건 뭐야?
내 이름과 같은 꽃, 할미꽃이야

할매,
할미꽃이 할매 하고 꼭 닮았어

손자는 한참을 쳐다보더니 할미꽃 곁으로 다가가
고사리 손으로 물을 준다

습관

습관처럼 손 전화 자판기를 두드린다
오자가 보리밥 알갱이처럼 툭툭 튀어나온다
비문이면 어떻고 오자면 어떠랴

새들이 창문을 두드려
억지로 몸뚱이 일으켜 세우고
산길을 나선다

봄 산은 그야말로 총천연색 향연을 펼치는 중
근데 저리 무질서한 것 같은데도
뭇사람들에게 감명을 주고 있는 비결은 무엇일까

산의 정기를 만끽하며 두 팔과 다리를 벌리며
한바탕 소리를 질러본다

잠깐 긴 숨을 몰아쉬고 있는 사이
메아리가 다시 돌아와서 조용히 하라고 한다
산에는 혼자 사는 것이 아니라며

제2부

봄을 캐는 아낙네

향긋한 마음에 봄을 캐는 아낙네

어느덧 꽃 마을 행복이 불쑥 자라고

봄나물 무치는 소리 웃음소리 진동하네

노린재의 습격

창호지 여닫이 방문을 열자
잽싸게 노린재가 날아든다
한쪽 팔을 들어 내쫓으려는데
옷에 찰싹 달라붙어 떨어질 줄 모른다

노린재를 재빠르게 날려 보지만
노린재는 코웃음을 치듯 공중제비를 하며
방 안을 한 바퀴 휙 돌더니
다시 바지 자락에 찰싹 달라붙어
죽은 척하고 있다

파리채로 노린재를 건드리자
지독한 냄새를 피우며 문밖으로 피신을 한다
손톱보다 작은 벌레가 뒤엄보다 더 독한 냄새로
머리와 코를 마비시키고 있다

새들도 안다

새벽에 볼일 보러 일어나 밖을 나가자
온갖 새들이 총출동하여 내 귀에다
오늘의 정보를 속삭인다

아하, 저 새들도 오늘이 4·19라는 사실을 알고 있었나 보다

피륙이라도, 밀가루라도, 고무신 한 켤레라도,
강냉이 한 됫박이라도 타 먹고 싶어
무조건 눈치 보며 이승만 만세를 불렀지

김주열 군의 희생이 없었더라면
눈에 최루탄 박힌 그 귀한 몸뚱아리가
바다에서 안 떠올랐다면
우리 백성들은 노리갯감으로 전락하고 말았겠지

산책길에는 어느덧 벚꽃이 지고
붉디붉은 철쭉꽃이
우는 듯 웃는 듯 앵돌아진 입술로
막걸리나 한잔하고 가라고
내 손을 붙잡고 있네

쑥 향기와 아이

쑥국을 끓이려고 봄 쑥을 캐고 있는데
옆에 노오란 민들레가 피었다
어찌 보면 노랗고 어찌 보면 하얗다

절에 놀러 온 아이가 진달래를 보고 탄성을 지른다
저 꽃 꺾어서 집에 가지고 가면 안 돼요?
울 엄마와 누나 주려고요

네 마음이 착하구나
근데 애야, 그 진달래를 꺾어버리면
보고 싶은 사람이 다시 못 보잖니⋯⋯

갑자기 선거 로고송이 울려 퍼지기 시작한다
아이가 다시 묻는다
누가 좋은 사람이에요?

글쎄⋯⋯
나는 순간 벙어리가 되고 만다

민들레가 땅에 납작 엎드려서

하얀 듯, 노란 듯 쑥스런 얼굴을 내밀고 있다
봄 쑥 향기가 손과 들에 가득하다

사람이나 닭이나

한밤중에 옆집 닭이
울기 시작한다

힘차게 한 번 울더니
한참을 뜸 들인 뒤
또 울기 시작한다

고라니가 와 대거리를 해보지만
아랑곳없이 운다

참다못한 주인이 나와서
이놈의 미친 닭
밤낮도 구분 못 한다고
구시렁거리다 돌아간다

다음 날 닭이 울지 않아서
주인장에게 다가가
어찌 닭이 울지 않소?
하고 묻자

\>
밤낮도 구분 못 하고 우는
미친 닭을 두어서 뭐 하겠소
허 허 허

몸통이 잘려 나가도

잠든 사이 집에 도둑이 들었어요
도둑은 불독처럼 날카로운 이빨을 드리내며
무섭게 달려들었습니다
난 바르르 떨면서 엉엉 울었지만 소용없었습니다

오백 년 된 친구들도 많은데
난 겨우 백 년도 안 된 어린아이인데

도둑은 무지막지하게 전기 칼날로
겁박하고 고문하더니
아예 내 몸뚱아리를 잘라버렸습니다

난 다시 일어서렵니다
불사조처럼 굴하지 않고
아름답고 귀여운 오동꽃을 피워서
친구들에게 자랑질 좀 하렵니다

전기 칼날에 몸뚱이가 베어 나가도
기죽지 말고 불사조처럼 살라고

참 나는 어디에

바위 위에 강물이 흐르기 시작한다
나는 바위 속으로 풍덩 들어가서 멱을 감고
고기는 둥둥 떠오르는데 참 나는 어디에……

청포도 아침

비는 멎고 새가 지저귀는
청포도 아침

밤새 내린 비로 계곡물이
하얗게 포말 소리를 내며
촐촐 흘러가고 있다

대나무도 초롱초롱 빛나고
소나무에 맺힌 하얀 구슬도
영롱히 빛나는 청포도 아침이다

나도 꽃이랍니다

산비탈 아래 엉거주춤 피어있네

눈에 보일 듯 말 듯
저만치 바람 맞으며 피어있네

큰 키에 어울리지 않게
길손을 유혹하고 있는
좁쌀만 한 싸리꽃

좁쌀꽃이 굴참나무 아래에서
고개를 좌우로 흔들며
노래하기 시작하네

나도 꽃이랍니다

개꿈

빵을 먹고 있다
긴 테이블 위에 앙꼬빵과 보리개떡이 놓여 있다

배가 살살 아파오기 시작한다
앙꼬빵을 그만 먹고
보리개떡을 먹기 시작한다
배 속이 조금 편안해졌다

바지에 숭숭 구멍이 뚫려 있는 학생과 보리개떡을 먹다가
어디론가 달리기 시작한다

어떤 한 사내가 꽃밭에서
푸르스름한 초롱꽃을 마구 꺾고 있다

난 무슨 정의의 사도인 양 그를 붙잡아
가슴에 붙어있는 배지를 떼어내고
그 자리에 보리개떡을 붙여 주었다

알람 시계 소리에 꿈을 깼다

자리끼 물을 한 모금 마시고
반눈으로 천장을 쳐다보았다

엉겅퀴

소나무 옆에
해맑게 피어난 엉겅퀴

언제 보아도 정감이 넘친다

서로 다른 것들끼리
어울리지 않는 곳에 앉아
붉은 꽃을 피워 내고 있다

소나무가 엉겅퀴를 아래로 바라보며
은색 물방울을 뚝뚝 떨구면

가시 돋친 엉겅퀴가 소나무를 쳐다보며
시답잖은 말로 대거리를 해보는데

윤달 중순 지나서 내리는 비

처마 끝에 물이 고이기 시작한다
윤달에 무슨 할 말이 있다고……

빗줄기가 툇마루와 신발을
흥건히 적시고 있다

윤달 중순 지나서 내리는 비는
침묵을 하라고
입을 좀 닫으며 살라고
마당에 내리꽂는다

물과 물

곡예사 외줄 타듯 넘실넘실 잘도 흐르는데
아이야 무슨 걱정을 하느냐
저 물맛이나 흠뻑 보고 집에 가자꾸나

선정

나뭇가지가 싫다고
빨랫줄이 싫다고
전깃줄은 더욱 싫다고
참새가 마당 한가운데서
선정에 들고 있다
옆에 사알짝 다가가도
날아갈 줄 모르고 우두커니 앉아있다
나도 마당에 퍼질러 앉아서
의미 없는 먼 산을 바라보며
멧새 소리를 듣고 있다
참새와 내가 하나가 된 순간이다

만약 너였더라면?

허리 구부정한 할아버지가 지나가는 승용차를 보고
태워달라고 두 손을 흔들며 애원한다
승용차가 망설임도 없이 지나쳐 간다

상송리 마을 입구 버스 정류장에서
한 아주머니가 마스크를 쓰고 다리를 절면서 손을 들고
서있다
승용차가 붕 소리를 더욱 힘차게 내며 지나가 버린다

만약 너였더라면?
네 승용차에 태워주겠어?
일행 중 한 사람이 말을 내뱉자
한 사람은 또 대답 대신 코를 만지작거리다가
얼른 오리탕집이나 가자고 길을 재촉한다

지난날 모습들이 구름처럼 떠오른다
노인, 학생, 가릴 것 없이 태워달라고 손을 들고 서있으면
모든 차들이 브레이크 소리를 내며 멈추곤 했다

돌아오는 내내 일행들이 수근거리던 소리가 귓전에 맴

돌았다

　만약 너였더라면?

　만약 나였더라면 정말 어찌했을까

　이런저런 생각을 하다 보니 어느 결에 집에 당도하였다

제3부

시간

입추가 지나간 것을 오늘에야 알게 되었네.
말복도 누가 오늘이라고 해서 알게 되었네.
산들바람이 제법 코끝을 간질이고 지나가네.
계절은 한 치의 거짓도 없음을 새삼스레 알게 되었네.

8·15 해방

수다사의 대한 독립 만세
아우네 장터 대한 독립 만세
한반도 방방곡곡에 대한 독립 만세
피가 하늘로 솟구치고
머리가 진흙 구렁텅이에 처박히고
사지가 갈기갈기 찢겨져 나가고
지나가는 농부의 흑소가
두 무릎을 꿇고 왕방울 같은
피눈물을 뚝뚝 흘려보낼 때
자기도 모르게 뛰쳐나가 외치던
대한 독립 만세
그 만세 소리 없었다면
해방은 결코 오지 않았나니
함부로 외세를 들먹이지 마라

장마

칠흑 같은 밤
갑작스레 소나기가 등덜미를 후려치고 지나간다
우르르 쾅쾅 하늘과 땅이 번쩍거린다

저 멀리 소쩍새는 목젖을 돋우는데
약삭빠른 해탈이는
고개를 삐딱하게 반쯤 젖히고
내 얼굴을 슬금슬금 보면서
처마 밑으로 엉금엉금 기어 들어온다

내일 아침에는
수국이 더욱 찬란하게 피어나겠지
멀리서 쑥국새 소리도 들리겠지

매미 아리랑

뭉게구름 흘러간다
왜 하릴없이 흘러만 가느냐구?
그야 좋아서 흘러갈 뿐이지

옆에서 졸고 있던 상사초가
한마디 거든다
참 팔자 좋은 소리 하고 있네

한낮에 매미가 울어댄다
하늘과 맞서며 울어댄다
하늘과 너는 동격이다

그래서인가 매미가
진도 아리랑을 목구멍에서
불나도록 불러댄다

가을비에 꽃 지네

새벽부터 비가 내리고 있다
주룩주룩 하염없이 내리고 있다
새벽잠 깨울까 봐 천둥 벼락도 없이
고이고이 내리고 있다

마당의 잡풀도 꼬마 꽃나무도
살포시 고개를 숙이고 있다
300년 묵은 배롱나무도
자기의 소임을 다한 양
논개의 꽃을 떨구고
다음을 약속한다

연악산 요정들

연악산 초입에 들어서자마자
연악산 요정들이 반갑게 인사한다
여기서 찌루 저기서 찌찌루
참나무에 코딱지처럼 달라붙은 암매미가
맴맴 소리를 내자 수매미도 멈멈
내 발걸음에 놀란 산토깽이가
화들짝 귀를 쫑긋 세우고
앞산으로 마구 달리기 시작하다가
발걸음을 멈추고 뒤를 힐끗 돌아본다
서로 눈이 마주치자 경계를 잔뜩하다
이내 도토리를 먹기 시작한다
웬 놈이 나타나서
연악산 요정들을 놀라게 하느냐고
수억 년을 먹은 늙은 산도 나무랄 것 같다

풍란

풍란이라는 이름을 가진 그대
눈에 뜨이지 않는 곳에
처연히 우뚝 서있는 그대
하늘로 기개를 잔뜩 뽐내다
사뿐히 고개 숙인 그대

이제야 그대를 알겠네
단순히 여리고 귀여워서
좋아한 것만은 아니었다는 것을
기개 있고 품위 있고
거기다가 눈에 잘 뜨이지 않는 곳에서
가만히 있을 줄 아는
겸손의 미덕까지 갖추었기에
마음이 갔다는 사실을

8월 가을비

8월 끝자락에서
가~ㄹ 비가 내린다

언제부터 왔는지
누굴 따라 왔는지

예쁜 동생 혜빈이가 좋아하는
가~ㄹ 비가 내린다

벼 이삭들 알차게 영글라고
장에 간 엄니 빨리 돌아오라고
가~ㄹ 비가 재촉하듯 내린다

비 맞은 고양이가 야옹 하며 어슬렁거리다가
무릎 위에 앉아 찰싹 안긴다

물앵두가 가을비를 흠뻑 마시고 있다

상엿소리

새까만 먼지가 허공을 뒤덮고 있다

트럭에서 나오는 매캐한 연기
포클레인에서 나오는 검은 연기
공장 굴뚝에서 나오는 회색 연기

지나가는 아이들이 기침을 해대고
노인들이 머리가 지끈거리는지
관자놀이를 누르며 지나쳐 간다

상엿소리가 구슬피 들리기 시작한다

독사

이른 아침 길가에 그가 널브러져 잠을 자고 있었다
곁으로 다가서사 서서히 몸을 꿈틀대더니
갑자기 머리를 치켜들고 내 눈을 뚫어질 듯 바라보았다

이걸 어찌해야 하나 생각하다가
작은 막대기로 숲길을 가리키며 더 이상
다른 사람 눈에는 띄지 말아라, 하고 나무라니
독사가 슬그머니 고개를 돌렸다

보리밭 사잇길로~
노래 한 소절 부르며 집으로 돌아오다가
하릴없이 허공을 쳐다보았다

추석을 며칠 앞두고

태풍 링링이 가지를 사납게 흔들어대도

천하무적 모과나무와 대추나무가 이리 흔들 저리 흔들 휘어질 뿐

꿈쩍도 않고 버티더니 왕대추와 모과를 한 초롱 가득 매달아 놓았다

하늘을 붙잡고 나뭇가지를 두 손으로 꽉꽉 움켜쥔 탓이었다

오늘 내가 배웠다 하늘을 붙잡을 줄 알아야 살아남는다는 것을

어느 독립운동가의 미소微笑

아스라이 아도 화상阿道 和尙,
직지사 대웅전, 전불선 우뚝 솟아
범종 소리 허공에 향기로 피어났네

직지인심견성성불 설법하던
포월당 김봉률 화상抱月堂 金奉律 和尙
민중의 눈물 더 이상 외면 못 하고
표표히 장삼 자락 떨치고
관음보살로 하강하였네

군자금 모금으로 3년간 옥고 치르고
1919년 만주신흥군관학교 광복군 되어
황악산 계곡을 피눈물로 만들었네

6·25 때 두 아들 조국에 바치고
풍찬노숙風餐露宿으로 팔도강산 주유하다가
직지사 천불도량에 수행 정진,
낮과 밤을 잊고 뼈만 남았네

1996년 건국훈장 추서 받아

백두대간 황악산 연꽃으로 피어나고
영원한 대한민국의 성인으로 탄생하였네

건빵

입안 가득 침이 고인다
엄니, 형들, 동무들과 티격태격하며
한 개라도 더 챙기려고
온갖 꾀를 냈던 추억의 건빵
그 건빵이 탁자 위에 보인다
웬일이야 얼른 하나를 집어 입속에 넣는다
더 이상 추억의 건빵이 아니다

양재기에 건빵을 잔뜩 쏟아 넣고 물을 채우자
얼마가 지나지 않아 부풀어 오르기 시작한다
풀대죽이 된 건빵을 한 숟갈 넣는 순간
엄니와 형들과 동무들이 눈앞에 어른거린다
동무들과 같이 자치기를 하며 놀던
그 추억의 건빵이 금방 내게 달려온다

벽시계

하루에도 몇 번씩
그의 지시대로 움직였다
난 언제부터인지
그의 노예가 되어있었다

모든 존재는
공간 속에서 태어났다가
시간 속으로 사라진다

그리고 무수한 낮과 밤을
지배하는 건
내가 아닌 벽시계다

사람만 피가 도는 게 아니다
벽시계에 피가 돌아야
초침 분침 시침이 움직이고
그걸 보고 나도 따라 움직인다

제4부

양파와 세상살이

공성댁이 양파를 가져왔다
튀겨 먹으면 아삭아삭 맛있다고 한다
된장국에 넣고, 반찬으로 데쳐 먹는 줄만 알았던 양파
새로운 요리법을 가르쳐주고 떠났다

붉은 양파를 까기 시작한다
첫 번째 양파를 까기 시작한다
매콤한 듯 달콤한 듯
두 번째 양파를 중지에 힘을 주어 까기 시작한다
향기는 사라지고 눈물이 찔끔거린다

이번에는 다른 자루에 있는 양파를 까기 시작한다
까면 깔수록 예쁜 속살이 신음 소리를 내고 있다
첫 번째 깔 때의 향기는 없어지고 매운 냄새만
머리를 쥐어짜듯 흔들어놓는다

눈물이 줄줄 앞을 가로막고 있다
까면 깔수록 눈물을 뿌리게 하는 양파

자갈길

어릴 적 그토록 싫어했던 자갈길이
발밑 신선한 촉감으로 다가온다

인간은 고통과 향수를
동시에 먹고 산다고 했던가

뾰족한 자갈, 둥그스름한 자갈,
삼각형 사각형 자갈들이

사각사각 소리를 내며
기분을 좋게 만들고 있다

불순한 생각들을 없애 주고
나를 철들게 하는 자갈길

추석날 아침

눈을 비비고 섬돌을 내려서자 공기가 상쾌하다
마당을 한 바퀴 돌고 코도 힝 풀어보고
도레미파솔라시도~ 큰 소리로 노래도 불러본다
건강을 챙긴답시고 무릎을 굽혔다 폈다 몇 차례
반복 행동을 안 하고 지내다 보면
어딘가 불안하고 무슨 일을 빼먹은 것처럼
몸에서 현기증이 일어난다

수십 년간 마을 이장 집의 스피커에서 흘러나오는 공보
뉴스,
새마을 노랫소리에 익숙하게 살아왔던 터라
민주주의라는 말이 다른 나라의 이야기처럼 신선하게 들
려온다
요즘엔 공장들이 많아 머리에 쥐가 날 지경이다
신문 공장, 방송 공장, 유튜브 공장, 온갖 공장들이
정보를 쏟아내고 있다 말이 말을 삼키고 있다

추석날 아침을 이렇게 보내도 되는지 모르겠다

나락이 영글었다

들에 나락이 고개를 숙이기 시작했다
조그만 모가 저렇게 자라서
사람들에게 행복을 가져다주고 있다

코 흘릴 적 생일 때나
엄니 치마 뒷자락에 매달려
한번 먹어볼까 말까 하는 나락이
알알이 고개를 숙이고 있다

배가 고파서 칭얼대면
선반 위에 고구마 한 개를
꺼내 주시던 엄니
저녁이 되면 깡보리밥에
마당에 깔려 있는 질경이를 뜯어서
된장에 조물조물 무쳐주시던 엄니

나락이 영글기 시작한다
등곳길 철길에서 콩 서리하듯
나락 서리하던 그때가 그립다

기찻길

기적 소리에 잠을 깨고
기적 소리에 아침을 먹었다
기적 소리를 듣고 공부하고
하얀 연기를 내뿜고 달리던
기차를 보며 자랐다
고향을 가지 못해서 울던 사람도
살살 달래며 떠나가는 기찻길
그리운 부모 형제 보러
보따리 한 아름 싣고 떠나는 기찻길
꿈과 희망을 잔뜩 안고 떠나는
그 기찻길이 덜컹거리며 지나간다
저 멀리 평양 신의주 기찻길도
기적 소리를 내고 지나갈 것이다

위대한 대답

어릴 적 내 친구들
용안이, 양원이, 소란이는
멀리서 기적 소리가 들리면
철로 위에다 큰 짱돌을 얹어놓거나
큰 못을 철로 틈 사이에 끼워 넣고
도망을 치곤 했다
누나가 물었다
너희들 왜 그러는 거야?
기차가 멈춰 서는 것을
보고 싶어서 그랬어

보슬비와 나누는 대화

내 마음을 아는지
모르는지
보슬비가 내리고 있었다

정수리를 토닥토닥 만져주고
양 볼을 살며시 적셔주고 있었다

보슬비야 고마워,
네 덕분에 모든 생명이 무럭무럭 자란단다

비가 그런 상투적인 인사 말고
다른 할 말은 없느냐고 물었다

난 더 이상의 말을 찾지 못했고
보슬비는 하염없이 눈물을 쏟아내고 있었다

곡간의 쥐

쌀 창고에 쥐가 들락날락거린다
덩치 큰 쥐가 눈치를 슬슬 보며
창고의 문턱을 넘는다

조금 이따가 무슨 신호라도 했는지
작은 쥐들이 쌀 창고 문턱을
주저 없이 넘는다

창고로 다가서자
쥐들이 냅다 도망간다
잠시 한눈을 판 사이
다시 두 마리가 창고로 스며든다

부지깽이를 들고
뒤주를 쳐도 나오지를 않는다
아예 눈치도 안 보고
쌀 곡식 먹기 바쁘다

곡간에 쌀을 갖다 놓은 것이 잘못인지

한참 생각을 하다가
발걸음을 부엌으로 돌리고 말았다

가을 해 자리

가을 허공에다
파란 물감 뿌려놓았지

가을 해 자리는 청둥오리 놀이터
가을 해 자리는 원앙새 놀이터

원앙새와 청둥오리가 숨바꼭질하다가
꿀잠이 들었던 가을 해 자리

도화지 속 그림

하얀 도화지에 그림을 그립니다
파란색도 칠하고,
노오란 색도 칠하고,
빨간색도 칠하고,
바다색도 칠하고,
청명한 가을색도 칠합니다
어떤 노신사가 와서 시비를 겁니다
저건 좌파색
저건 우파색
저건 비빔밥색
왜 죄다 색깔들이 그 모양이냐고
차도 한 잔 안 마시고
그냥 휑하니 나가 버립니다

수다사 일주문

기둥이 두 개인데 일주문이라 하네
분명히 눈을 씻고 다시 보아도 두 개인데

마침 지나가는 선승이 있어 물어보았다
기둥이 두 개인데 왜 일주문이라고 했을까요?
선승은 지팡이를 두 손으로
번쩍 들었다가 땅으로 힘을 다해 냅다 꽂는다
그리고 유유히 사라져간다

우둔한 나는 무슨 뜻인지 몰라
화엄경을 펼쳐 본다

본래 마음자리가 몇 개인가?
법성(불성·자성·일심)은 원융하여 두 모양이 없네
또한 모든 법도 부동하여
본래 고요하네

괜스레 사람들이 쓸데없이 분별심을 내어
너다 나다
하나다 둘이다
말들을 하고 다닌다네

늦가을 하직 인사

천둥 번개가 두서너 차례 지나간다
이내 굵은 빗줄기가 땅에 흥건히 배어들기 시작한다
단풍나무도 장대 같은 빗줄기를 맞으면서 아쉬운 듯
내년을 기약하고 해설픈 눈웃음으로 하직 인사를 한다

어서 가자 469호야

무려 열여덟 칸을 달고 잘도 달리네
천하장사 이만기도 놀라서
엉덩이 샅바를 놓치고 말겠다

KTX 경부선 하행 열차 469호야
이대로 신의주, 러시아, 유럽까지 달려가자꾸나

그리하여 세계 방방곡곡에
한반도의 진면목을 보여 주자꾸나

이끼도 숨을 쉴 자유가 있다

바위 이끼가 자라고 있다.

어린애 옷을 주섬주섬 챙기듯 잘 자라고 있다. 그저 이슬 한 방울에 고마워하고 따스한 햇볕 한 움큼에 감사히 파릇 파릇 키 재기를 한다.

무심결에 자기를 밟으며 깔고 앉은 사람들에게 소리쳐 보지만 사람은 모른 체하거나 뼈아픈 소리를 듣지 못한다.

어느 정도 이끼를 짓뭉개고 깔고 편히 쉬었다가 하품과 기지개를 하늘이 닿을 만큼 쭉쭉 펴다가 시름없이 잔돌멩 이를 발로 한 번 퍽 내지르고 휑하고 자기 갈 길을 가버린 폼 나는 사람들.

이끼가 자기의 궁둥이를 비비고 간 나그네를
물끄러미 바라보며 히죽히죽 웃고 서있다.

해 설

오랜 시간의 기억과 불일불이不一不二의 마음

유성호(문학평론가, 한양대학교 국문과 교수)

1. 자기 확인의 의지와 삶에 대한 반성적 의식

최법매崔法梅 시인의 세 번째 시집『돌 속의 강물』은 1970년 직지사로 출가한 지 50년이 지난 시점에서 이제 심원한 시 세계로 자리매김해 가는 귀중한 흐름을 담아낸 미학적 성과라고 할 수 있다. 그동안『영혼의 깃발』『머물다 떠나간 자리』등의 시집을 통해 불가적 명상과 인생론적 비의秘義를 심도 있게 형상화해 온 시인은 이번 시집에서도 그러한 형상과 의미를 더욱 심화하면서 자신만의 예술적 지표를 우뚝하게 세워가고 있다. 이 점, 이번 시집으로 하여금 그의 대표적 성취로 자리하게끔 해줄 형질이 아닐 수 없다.

그동안 그의 시는 서정시가 가지는 회귀적 속성을 뚜렷

하게 견지하면서 기억의 원리에 가장 충실한 세계를 보여 주었다. 그만큼 최법매의 시는 순연하고 투명한 서정을 핵심 원리로 삼으면서 절실한 자기 확인의 의지를 정점에서 보여 준 것이다. 시인은 사물을 통해 자신을 발견하고 다시 그 마음의 힘으로 사물을 바라보는 과정을 통해 이러한 성취를 얻어갔다. 물론 이러한 과정은 세계를 좀 더 넓고 깊게 받아들이려는 시인의 치열한 의식에 의해 떠받쳐진 채 자기 확인의 의지가 스스로의 삶에 대한 반성적 의식과 절묘하게 균형을 이루는 방향으로 펼쳐져 왔다. 시인은 자신이 중요하게 여기는 가치를 작품 안으로 끌어들이면서도 그것에 충실하게 다가서지 못했던 그동안의 삶을 반성적으로 결합시킨 것이다. 사물과 정서에 대해 민감하게 반응하면서도 그것을 기록해 가는 과정에서 깊은 성찰적 시선을 반영한 셈이다.

이번 시집에서 이러한 원리는 균질적인 시적 상황을 이루면서 때로는 사물 자체가 스스로를 드러내는 방식으로 나타나기도 하고 때로는 시인과 사물의 관계가 그리움의 힘으로 나타나는 형식을 택하기도 한다. 절실하고도 진중한 기억 안에서 사물과 정서가 잘 어울리는 순간을 끌어들이면서 시인은 우리로 하여금 삶에 필연적으로 개입하는 깨달음의 순간을 응시하게끔 해준 것이다. 이러한 세계를 더욱 심원하게 구현한 이번 시집의 경개景槪와 실질 안으로 한 걸음씩 들어가 보도록 하자.

2. 매혹과 겸손의 자연 사물에 대한 관찰

먼저 최법매 시인은 자연의 순리에 대한 새삼스러운 발견과 그 안에서 삶의 본령을 깨달아가는 지속적인 지성적 적공積功을 보여 준다. 물론 시인은 반복 등장하는 사물이나 이미지에 어떤 통일성을 부여하려고 하지 않는다. 다만 시인은 개개 시편의 충실성과 완성도에 집중하고 있으며 자신의 시 세계를 어떤 정신적 차원으로 도약시키려는 의지를 보여 줄 뿐이다. 어떤 강력한 주제나 원리에 의해 시집을 묶어내는 저간의 몇몇 관행에 비추어볼 때, 이처럼 그때그때의 기억에 충실한 한 편 한 편의 작품을 써가는 그의 실천은 한결 미덥게 다가온다. 따라서 그의 목표는 몸과 마음의 기억에 선명하게 새겨져 있는 시간의 깊이를 응시하는 데서 발원하고 완성되고 있다 할 것이다. 그때 그의 시를 추동해 가는 힘은 사물들이 가지는 '스스로[自] 그러함[然]'의 속성에서 찾아진다.

어제는 홍매화가 불타듯 활짝 피어
오가는 나그네의 심금을 울렸는데
오늘은 솜털 같던 청매화가 가슴 열어
하얀 이 드러내며 뭇사람 유혹하네
부드러운 몸매에 손끝이 닿자마자
꽃잎이 벌어지는 홍매화 한 송이

　　　　　　　　　　　　　　　　　　—「홍매화」전문

풍란이라는 이름을 가진 그대
눈에 뜨이지 않는 곳에
처연히 우뚝 서있는 그대
하늘로 기개를 잔뜩 뽐내다
사뿐히 고개 숙인 그대

이제야 그대를 알겠네
단순히 여리고 귀여워서
좋아한 것만은 아니었다는 것을
기개 있고 품위 있고
거기다가 눈에 잘 뜨이지 않는 곳에서
가만히 있을 줄 아는
겸손의 미덕까지 갖추었기에
마음이 갔다는 사실을

—「풍란」 전문

'홍매화'를 제재로 한 앞의 시편에서 시인은 '어제'와 '오늘'의 홍매화가 보여 주는 모습의 차이에서 시간의 흐름을 간취한다. 일찍이 불타듯 활짝 피어 "오가는 나그네"로 하여금 심금을 울리게끔 했던 홍매화는 그 자체로 매혹의 이미지를 품고 있었다. 그런데 오늘은 어리디어린 '청매화'가 부드러운 몸매에 손끝이 닿자마자 홍매화가 입을 벌리고 있지 않은가. "홍매화 한 송이"는 매혹의 주체에서 매혹의 대상으로 몸을 바꾸면서 만물이 상호 조응하는 한순간을 아름

답게 보여 준 것이다. 그런가 하면 뒤의 시편은 "풍란이라
는 이름을 가진 그대"를 대상으로 삼고 있다. 언제나 사람
들 눈에 띄지 않는 외곽성의 존재자로서 우뚝 서있는 풍란
은 때로 하늘을 향해 기개를 보이다가도 때로 고개를 숙여
"가만히 있을 줄 아는/ 겸손의 미덕"을 드러낸다. 시인은 단
순히 풍란이 여리고 귀여워서가 아니라 이처럼 기개와 품위
와 겸손을 갖추었기에 마음이 끌렸다는 사실을 고백한다.
그렇게 자연 사물을 의인화하여 '매혹'과 '겸손'의 속성을 관
찰하고 노래하는 최법매 시인의 시선은 자연을 향한 자신의
충일한 마음을 토로하고 있다. 그 시선에 들어온 사물들은
한결같이 "한 치의 거짓도 없음을 새삼스레 알게"(「시간」) 해
주는 것들이고, 시인은 그 '홍매화'와 '풍란'을 향해 자연의
"마음을 이제 알았으니 얼마나 큰 다행인지 모른다고"(「단풍
의 항변」) 말할 수 있었을 것이다.

　여기서 최법매 시인이 형상화하는 '자연自然'이란 물리적
으로 편재하는 사물의 단순한 집합이 아니라 오히려 가장
직접적이고 명료한 경험 형식으로 남은 기억의 일부로 존
재한다. 또한 그것은 그러한 과정을 통해 우리 몸에 새겨
진 경험적 자산이며, 그 선명한 영상이 집적된 거소居所이
기도 하다. 그렇기 때문에 자연에 대한 시인의 감각과 사
유는 직접적이며 경험적이며 인생론적 화두로 전이되기 용
이한 것이다. 거기에 시인은 우주의 영역을 보태면서 자신
의 시적 기획을 완성해 간다. 그만큼 시인이 노래하는 자연
은 시간적으로는 태초에서 영원까지를 함의하고, 공간적으

로는 아주 작은 티끌로부터 매우 큰 무한까지를 상상하게
끔 해주고 있다. 그 점에서 여전히 최법매는 '자연'의 시인
이 아닐 수 없다.

3. 가족사적, 민족사적 기억을 통한 장인匠人의 모습

그런가 하면 최법매 시인의 가장 중요한 목소리 가운데
하나는 존재론적 기원起源에 관한 발본적 사유에 있다. 이
러한 속성은 그동안 이어져 온 최법매 시학의 양도할 수 없
는 근간이라는 점에서 일종의 지속성을 얻고 있다고 할 수
있다. 사실 우리가 말하는 기억이란 과거의 삶에 대한 낱
낱 재현이 아니라 지금 여기를 살아가는 이의 현재적 욕망
에 의해 선택되고 구성되는 동일성의 원리가 되어준다. 그
점에서 시인이 선택하고 구성하는 기억 역시 자신의 현재
형과 긴밀하게 연루될 수밖에 없다. 이러한 기억의 원리
를 따라 세상이 살 만한 것이라는 사실을 근원적 터치로 보
여 줌으로써 최법매 시인은 자신의 가장 근원적인 존재론
을 하나하나 구현해 간다. 이는 그가 노래하는 가장 선명
한 전언傳言의 원형일 것이다. 그럼으로써 그는 시간의 가
혹한 무게를 견디면서 우리로 하여금 기원을 상상하고 현재
화하는 기억들을 보살피게끔 해준다. 그와 동시에 자신의
시를 실존적 성찰의 사건으로 바꾸어감으로써, 언어를 통
해 실존에 가닿는 유일무이한 미학적 사건으로서의 시 쓰

기를 구현해 간다. 언어의 도구적 기능을 넘어서 아름다운
시적 언어의 존재론으로 자신의 기원을 아득하게 재생시켜
가는 것이다.

> 강물이 흐르다 멈춰버려서
> 돌이 되어버린 강
>
> 돌 속에 아버지가 있고 어머니가 있고 내가 있지
> 거기엔 모래무지도 송사리도 있지
>
> 아버지와 어머니가 강가에서 도란도란 이야기하다
> 강물 속으로 풍덩 뛰어 들어가서 목욕을 하였지
>
> 흐르는 돌강에서 어머니가 빨랫방망이를 들고 나오고
> 아버지는 지게를 지고 나왔지
>
> 나만 아직도 돌강에서 못 나오고
> 돌을 깨부수는 연습만 열심히 하고 있지
>
> ―「돌 속의 강물」 전문

이 아름다운 작품은 '돌'과 '강물'의 호혜적 공존 원리를 암
시적으로 표현하고 있다. 강물이 흐르다 멈춰버린 순간에
'강'은 '돌'이 되어버렸다. '강'에 오래전부터 모래무지와 송
사리가 있었듯이, '돌' 안에는 자연스럽게 아버지와 어머니

와 '나'가 모두 있을 것이다. 아버지와 어머니는 강가에서 이야기하다 강물 속으로 뛰어들었고 흐르는 '돌강'에서 나오셨다. 이 환상적 장면을 통해 시인은 "아직도 돌강에서 못 나오고/ 돌을 깨부수는 연습만 열심히" 하는 자신에 대한 성찰을 지속해 간다. '돌 속의 강물'은 그렇게 시인 자신의 삶을 명징하게 은유하면서 인간 보편의 존재론적 기원을 상상하게끔 해준다. 그만큼 최법매 시인은 강물 속으로 들어가 삶을 살아가신 부모님과 달리 자신은 미처 '돌 속의 강물'을 깨닫지 못했음을 고백하면서 삶의 지극한 원리를 배워가고 있다고 말하는 것이다. 나아가 최법매 시인은 자신의 가족사적 기원도 고백하고 있지만, 우리 마음속에 흐르는 공동체적 기억도 자신의 시가 노래하는 권역의 한켠을 차지하게끔 하고 있다. 그 실례가 바로 다음 시편일 것이다.

코로나로 전 세계가 몸살을 앓고 있다

세상 사람들은 코로나가 중국 우한에서 발생했다 하여
우한 폐렴이라고도 하고 우린 코로나19로 부른다

제 코가 석 자인 중국에선 마스크와 방호복을 보내오는데
맹방을 넘어 혈맹이라고까지 한 우방들은
지금 어디에 숨어있는지 감감무소식이다

아니 일본에선 우리나라부터 선제적으로 입국 불허 조

치를 내렸다는데

올해는 때마침 상해 임시정부가 세워진 지 100년을 지나
다시 새로운 1년이 시작되었다고 하니 역시 가깝고도 먼
나라인 듯하다

내가 세상에 태어나기도 전에 아버지는 돌아가시고
청상과부인 어머니가 삼 남매를 키웠다

동무들하고 말다툼이라도 하는 날이면 어머니는
동무를 나무라는 것이 아니라 나를 엄하게 꾸짖고는
혼자서 눈물 바람을 하셨다

그 어머니가 내게 입버릇처럼 하시던 말씀은
너희 아버지가 할아버지를 따라 광복군에 들어갔어야
했다는 것이었다

오늘 불난 집에 부채질을 하고 있는 일본의 행태를 보자니
그 옛날 어머니 말씀이 산사에 있는 내 가슴을 다시 후
벼 판다

—「눈물」 전문

'눈물'이라는 제목의 이 작품은 최근 인류가 맞닥뜨리고
있는 코로나 팬데믹 사태를 화두로 하여 시작된다. '우한 폐
렴'이라 불렸다가 이제는 세계적인 공식 명칭으로 '코로나

19'라는 명명을 받고 있는 이 미증유의 사태는, 현재에도 세계를 혼란에 빠뜨릴 정도로 거센 감염 속도와 위력을 보이고 있다. 이러한 사태에 즈음하여 시인은 자신의 가족사를 되짚어 가는 것으로 시상詩想을 전환해 가는데, 그 사정은 아버지는 '나'의 탄생 이전에 돌아가시고 이른바 청상靑孀이 되신 어머니가 자식들을 키우신 과정을 함의한다. 동무들과 말다툼이라도 있으면 어머니는 어김없이 '눈물'을 보이시며 '나'를 엄하게 꾸짖으셨다. 어머니는 입버릇처럼 "너희 아버지가 할아버지를 따라 광복군에 들어갔어야 했다는 것"을 되뇌시곤 했는데, 오늘 코로나 팬데믹 사태를 맞아 일본이 우리나라부터 선제적으로 입국 불허 조치를 취한 것을 떠올리면서 시인은 일본의 행태를 비판적으로 바라보고 있다. 그리고 어머니께서 하신 말씀이 산사에 있는 자신의 가슴을 다시 후벼 파는 순간의 깨달음을 느끼고 있다. 이러한 흐름 속에서 최법매 시인은 "그 만세 소리 없었다면/ 해방은 결코 오지 않았나니/ 함부로 외세를 들먹이지 마라"(「8·15 해방」)라는 일갈도 할 수 있었을 것이다.

　보통 시인들은 시 쓰기를 통해 현실에서는 불가능한 존재 전환을 하염없이 꿈꾼다. 그리고 일상을 벗어나서 전혀 다른 차원으로의 상상적 이동을 감행한다. 이때 이루어지는 상상적 경험이란 사물을 향해 힘껏 바깥으로 나아갔다가 다시 자기 자신으로 되돌아오는 회귀 과정을 밟아가게 마련이다. 최법매 시인은 이러한 서정시의 회귀성과 자기 발견 과정을 가족사나 민족사를 통해 충실하게 치러가는 장인匠人의 모습을 보여 준다. 그래서 그의 목소리는 잔잔하고 내밀하지만 그 안에는 만만치 않은 회귀와 깨달음의 역동성이 담겨 있다. 그는 우리가 세계내적 존재로서 사물들과 다양한 연관을 맺고 살아감을 아름답게 노래하면서 그 필연적이고도 내적인 감각의 연관성이 초래하는 순간의 깊이를 암시적으로 증언해 간다. 그 안에서 시인 자신도, 가족도, 민족도, 모두 자신들의 얼굴을 충만하게 보여 주고 있는 것이다.

4. 오랜 '시간'에 대한 의식의 깊이

또한 최법매 시인은 오랜 시간에 대한 의식의 깊이를 자신의 대표적인 시학적 표지標識로 설계해 간다. 물론 많은 시인들이 지난 시간에 대한 자신만의 기억을 수없이 형상화해 왔을 터이다. 거기 나타난 정서는 대부분 아련한 그리움과 비애로 채색되어 있을 것이다. 최법매의 시가 보여 준 회귀와 발견 과정 또한 이러한 보편성에서 그다지 멀지 않다. 하지만 우리는 생동하는 사물의 구체성과 다채로운 기층 어휘를 통해 회감과 그리움의 변주를 구현하면서 그것을 본질적인 인생론적 가치로까지 확산해 내는 능력에서 최법매만의 미학적 가치가 발원하고 있다고 말할 수 있을 것이다. 어떤 작품을 인용해도 좋을 만큼 진정성으로 가득한 그의 시편들이 보내는 아득한 힘으로 우리도 서정의 원리에 충실한 그만의 시학을 깨끗하게 바라보게 되는 것이다. '시인 최법매'가 더욱 다양한 목소리로 형상화된 모습 말이다.

기적 소리에 잠을 깨고
기적 소리에 아침을 먹었다
기적 소리를 듣고 공부하고
하얀 연기를 내뿜고 달리던
기차를 보며 자랐다
고향을 가지 못해서 울던 사람도
살살 달래며 떠나가는 기찻길
그리운 부모 형제 보러
보따리 한 아름 싣고 떠나는 기찻길
꿈과 희망을 잔뜩 안고 떠나는
그 기찻길이 덜컹거리며 지나간다
저 멀리 평양 신의주 기찻길도
기적 소리를 내고 지나갈 것이다

—「기찻길」 전문

'기찻길'이라는 오래된 상징은 그 자체로 먼 이역異域으로 떠나는 이별의 장소이자 이제는 사라져버린 시절 삶의 은유로 기능해 왔다. "하얀 연기를 내뿜고 달리던/ 기차"의 기적 소리를 들으며 잠을 깨고 아침을 먹고 공부를 하면서 자라던 시절, 시인은 그때 '기찻길'이 고향을 가지 못해 울던 사람도 그리운 부모 형제 만나러 보따리 한 아름 싣고 떠나는 이들도 모두 품어주었다고 회상하고 있다. 그리고 앞으로는 그 '기찻길'이 "평양 신의주 기찻길"의 역사를 이루어가면서 지나갈 것이라고 예감해 본다. 그때 우리는 비로소 "세계 방방곡곡에/ 한반도의 진면목"(「어서 가자 469호야」)을 다시 한 번 보여 줄 것이다. 오래된 '기찻길'이 과거의 기억을 일구어주고 미래의 희망을 이어주는 상상을 그렇게 최법매 시인은 수행하고 있다.

　　　허공을 배회하던 나비가 수각 아래 앉아 시름을 달래
　　고 있다

　　　목이 말랐을까
　　　다리에 물을 묻혀서 연신 입에 대었다 떼었다 한다

　　　한참을 화두 공부한 듯 앉아있던 나비가
　　　날갯짓을 두어 번 하더니 허공을 박차 오른다

　　　수각 주위를 빙빙 도는 나비가 다시 앉을 듯 말 듯 하더니
　　　소나무 그늘에 사뿐히 내려앉아 선정에 들기 시작한다

　　　얼마쯤 시간이 흐르자 다시 저 멀리 산속으로
　　　양 날개를 펄럭거리고 날아간다
　　　　　　　　　　　　　　　—「호랑나비의 공부」 전문

시인의 시선은 '호랑나비'를 향하고 있다. 허공을 날던 나비 한 마리가 수각水閣 아래 앉아 다리에 물을 묻히고 있다. 그러한 나비의 모습을 바라보면서 시인은 마치 나비가 "한참을 화두 공부"한 것이 아닐까 생각해 본다. 다시 허공을 날아 수각 주위를 도는 나비가 다시 앉을 듯 말 듯하다가 소나무 그늘에 내려앉아 선정禪定에 든다. 시간이 흘러 다시 산속으로 돌아간 호랑나비를 상상하면서 결국 우리는 '호랑나비의 공부'가 시인 자신의 공부였음을 알게 된다. 이처럼 최법매 시인은 '시간'이라는 흐름을 관통해 가는 자연 사물의 모습을 통찰하면서 자신이 살아오고 배워오고 경험해 왔던 순간들을 시간적으로 배열해 간 것이다. 그 순간 "하늘을 붙잡을 줄 알아야 살아남는다는 것"(「추석을 며칠 앞두고」)과 함께 지상에 착근하여 도道를 추구해 가는 것이 자신의 실존적 행로임을 토로하고 있는 것이다.

결국 시인은 무심하게 흐르는 시간과 그 안에서 실존을 힘겹게 구성하는 자기 자신의 삶의 형식에 대한 격정의 노래를 불러가고 있다. 그래서 그의 시에는 세계를 살아가는 내적 존재로서의 운명에 대한 응시와 확인과 성찰이 전부 녹아들어 있다. 작품 표면에는 몸속 깊이 새겨져 있을 것만 같은 상처의 흔적이 빈번하게 나타나지만, 이면에는 상처들을 치유하고 다스려가려 하는 시인의 남다른 의지가 지속적으로 흘러가고 있다. 그렇게 시인은 상처의 시간 속에서 겪어온 실존적 상황을 끊임없이 바라보면서 그 안에서 파동치는 시간의 흐름과 깊이를 선연하게 드러내고 있다. 주지하듯 '시간'이란 모두에게 등가적으로 주어진 객관적이고 물리적인 것이 아니라, 주체의 내면에서 지속되는 흐름으로만 경험되는 주관적이고 심리적인 실체가 아닌가. 그래서 우리 모두는 자신만의 시간 경험을 가지고 있으며, 그것은 주체가 처한 실존적이고 역사적인 상황에 의해 끊임없이 현재화되게 마련이다. 최법매 시인에게 '시간'이란 이처럼 시인 자신의 자기 실현을 끊임없이 도우면서 몸속에 수많은 흔적을 새겨가는 파문과 같은 원리이다. 그래서 그가 노래하는 것은 과거를 과장하는 미화美化의 원리나 미래를 밝게 하는 전망의 원리가 아니라, 오직 자신의 현존을 이루는 가파른 흔적들로 나타나고 있는 것이다. 그만큼 시인은 자신이 처한 현재형에 구체적 육체를 입히는 방식으로 '시간'의 흐름을 형상화하고 있다.

5. 깨침의 증득證得으로 나아가는 치열한 고투

마지막으로 우리는 이번 시집을 통해 최법매 시인의 나지막하고 견고한 인생론적 지혜를 들을 수 있다. 우리는 사물 인식 과정에서 언어의 역할이 반드시 필요하다는 사실에 동의하게 되는데, 대상의 형상화를 통해 인식이 만들어지고 사물의 본체는 언어의 구체성을 통해 드러나게 되기 때문이다. 이때 불교적 상상력이 큰 역할을 해온 것은 최법매 시의 숨길 수 없는 모습일 것이다. 물론 그것은 때로는 명료한 기표로 때로는 숨겨진 침묵으로 나타난 바 있다. 불가에서는 비非언어적 마음을 유지하는 데서 언어를 비껴간 침묵을 통해 명상하는 것이 사유의 중요한 형태로 생각하니까 말이다. 그 비밀은 언어로서는 표현할 수 없는 것[不立文字]이지만 언어를 떠나서도 표현할 수 없는 것[不離文字]에 있다. 불가에서는 이처럼 경계가 지워진 마음을 '무위심無爲心'이라고 하는데 일체 분별이나 호불호好不好가 사라진 마음을 가리키는 개념이라고 말할 수 있을 것이다. 최법매 시인은 승려로서의 자신의 식견과 경험을 그러한 마음으로 적극 투사投射해 간다.

공성댁이 양파를 가져왔다
튀겨 먹으면 아삭아삭 맛있다고 한다
된장국에 넣고, 반찬으로 데쳐 먹는 줄만 알았던 양파
새로운 요리법을 가르쳐주고 떠났다

붉은 양파를 까기 시작한다
첫 번째 양파를 까기 시작한다
매콤한 듯 달콤한 듯
두 번째 양파를 중지에 힘을 주어 까기 시작한다
향기는 사라지고 눈물이 찔끔거린다

이번에는 다른 자루에 있는 양파를 까기 시작한다
까면 깔수록 예쁜 속살이 신음 소리를 내고 있다

첫 번째 깔 때의 향기는 없어지고 매운 냄새만
머리를 쥐어짜듯 흔들어놓는다

눈물이 줄줄 앞을 가로막고 있다
까면 깔수록 눈물을 뿌리게 하는 양파
　　　　　　　　　　　　　—「양파와 세상살이」 전문

　시인은 공성댁이 양파를 가져와 튀겨 먹으면 맛있다고 한
새로운 요리법을 듣고, 그동안 "된장국에 넣고, 반찬으로
데쳐 먹는 줄만 알았던" 양파에 새로운 해석을 가하기 시작
한다. 붉은 양파를 까는데 첫 번째 양파는 매콤한 듯 달콤
한 듯하고, 두 번째 양파는 향기는 사라지고 눈물만 찔끔거
리게 하는 것이 아닌가. 이제 다른 자루에 있는 양파를 까자
예쁜 속살이 신음 소리를 내는 것을 들은 시인은, 양파 고유
의 향기는 없어지고 매운 냄새만 머리를 흔든 순간을 환하
게 기억해 낸다. 결국 까면 깔수록 눈물을 뿌리게 하는 양
파의 속성이 꼭 '세상살이'와 닮았다는 깨달음이 시인의 온
몸을 감싸게 된다. 비록 누군가의 "이름을 듣는 순간/ 이슬
처럼 사라져버리는 것"(「명부(冥府)의 아들딸들아」)이 세상의 이
치이지만, 시인은 비록 "무질서한 것 같은데도/ 뭇사람들에
게 감명을 주고 있는"(「습관」) 언어적 진경眞境을 우리에게 건
네고 있는 것이다. 이러한 인생론적 자각 과정이 최법매 시
의 핵심 형질인 것은 두말할 나위 없을 것이다.

기둥이 두 개인데 일주문이라 하네
분명히 눈을 씻고 다시 보아도 두 개인데

마침 지나가는 선승이 있어 물어보았다
기둥이 두 개인데 왜 일주문이라고 했을까요?
선승은 지팡이를 두 손으로
번쩍 들었다가 땅으로 힘을 다해 냅다 꽂는다
그리고 유유히 사라져간다

우둔한 나는 무슨 뜻인지 몰라
화엄경을 펼쳐 본다

본래 마음자리가 몇 개인가?
법성(불성·자성·일심)은 원융하여 두 모양이 없네
또한 모든 법도 부동하여
본래 고요하네

괜스레 사람들이 쓸데없이 분별심을 내어
너다 나다
하나다 둘이다
말들을 하고 다닌다네

— 「수다사 일주문」 전문

'일주문—柱門'은 사찰로 들어가는 첫 번째 문으로서, 한

줄로 세운 기둥 위에 맞배지붕 양식으로 되어있다. 이 기둥 양식은 일심一心을 상징한다고 하는데, 청정한 도량에 들어가기 전에 세속의 번뇌를 말끔히 씻고 일심이 되어야 한다는 뜻이다. 최법매 시인은 일주문의 기둥이 두 개라는 데 착안하여 지나가는 선승에게 "기둥이 두 개인데 왜 일주문이라고 했을까요?"라고 묻는다. 선승은 지팡이를 두 손으로 들었다가 땅에 꽂아 넣고는 사라졌다. 이때 시인은 화엄경을 통해 "본래 마음자리가 몇 개인가?"라고 스스로에게 묻는다. 그리고는 불성, 자성, 일심의 불성佛性은 원융하여 두 모양이 없고, 모든 법도 부동하여 본래 고요하다는 깨달음을 얻는다. 사람들의 분별심이 '너/나'를 가르고 '하나/둘'을 구별하지만 오늘 '수다사 일주문'은 시인의 마음속에 불일불이不一不二의 원리를 알려준 셈이다.

이렇게 최법매 시인은 자신의 실존적 기율이기도 한 불교적 상상력을 충실하게 좇아가면서 자신만의 심원한 시선과 언어를 배열해 가고 있다. 내면의 불성을 일깨워 깨침의 증득證得으로 나아가는 치열한 고투의 순간을 낱낱이 기록하고 있는 것이다. 물론 모든 사물은 각솔기성各率其性에 따라 존재하지만 그로서는 이물관물以物觀物의 방법을 통해 그들의 속성을 투명하게 바라보고 해석할 수 있었을 것이다. 이때 우리는 불심과 시성詩性이 만나 이루어갈 새로운 비전이 언제나 최법매의 시에 나타날 것이라고 믿게 된다. 불이법문不二法門의 시선이 단순히 제법諸法의 실상을 꿰뚫어 보는 데 그치는 것이 아니라 선명한 상像을 통해 궁극의 세계를 상상해 가게끔 해줄 것이기 때문이다.

6. 남다른 깊이를 지닌 서정에 대한 애착

최법매 시인의 세 번째 시집『돌 속의 강물』은 오랜 시간에 대한 사후적事後的 경험의 형식으로 발원하고 씌어진 결실이다. 아직 오지 않은 시간을 예견하거나 아예 시간 자체를 초월하는 시편일지라도 그것은 시간에 대한 시인 자신의 고유한 가치 판단일 수밖에 없다는 점에서, 최법매의 시는 단연 시간의 결과물이다. 그렇게 서정 양식은 시간 자체에 대한 남다른 기억과 경험의 구성이라는 양식적 특성을 배타적으로 지니게 마련이다. 일찍이 멕시코의 세계적인 시인 옥타비오 파스는『활과 리라』라는 저작에서 "일상적 개념에서 시간은 미래를 지향하는 현재이지만, 숙명적으로 과거에 닻을 내리는 미래가 되기도 한다"라고 언급한 바 있는데, 최법매 시인은 이러한 원리를 통해 시간을 탐구해 가는 매우 견고하고도 지속적이고 고유한 동력을 우리에게 선명하게 보여 준 셈이다.

이러한 시간의 원리를 구현해 온 최법매의 시는 자신의 현재형에 대한 치열한 섭렵을 통해 지난 시간을 정성스럽게 재구再構하고 나아가 존재론적 성찰의 목소리를 폭넓게 들려준다. 지나간 시간을 불러들여 우리 시대의 상황적이고 근원적인 지향을 동시에 암유暗喩하는 작업을 통해, 시인은 오랜 시간 축적해 온 자신만의 안목과 언어와 실천을 동시에 보여 준 것이다. 이때 우리는 그의 시가 새로운 미학적 충격과 전율을 통해 경험의 파문을 깊이 있게 만드는 과정을 접하게 된다. 시인은 심미적 관조나 순간적 정서로 사물들의 이치를 표상하면서도 그것들이 사회적 관계의 복합성 속에 존재하는 방식을 적극적으로 탐구해 간다. 이러한 역설적 노력은 그의 시로 하여금 서정에 대한 애착을 견고하게 지켜오게끔 하면서, 오랜 시간의 기억과 불일불이의 마음을 담아내게끔 인도해 간 것이다.

세 번째 시집의 산뜻한 출간을 마음 깊이 축하드리면서, '시인 최법매'의 언어적 품격과 예술성이 '홍매화'와 '풍란'의 매혹과 겸손을 통해 더욱 아름다운 진경進境으로 훤칠하게 나아가게 되기를 소망해 본다.